Amigos En Cuerpo y Alma

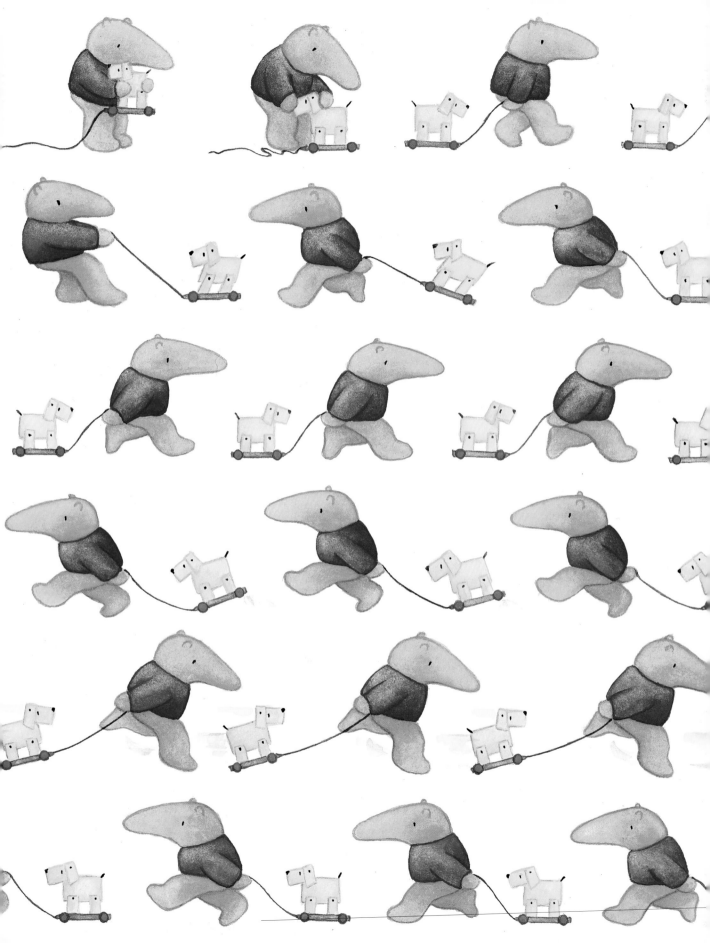

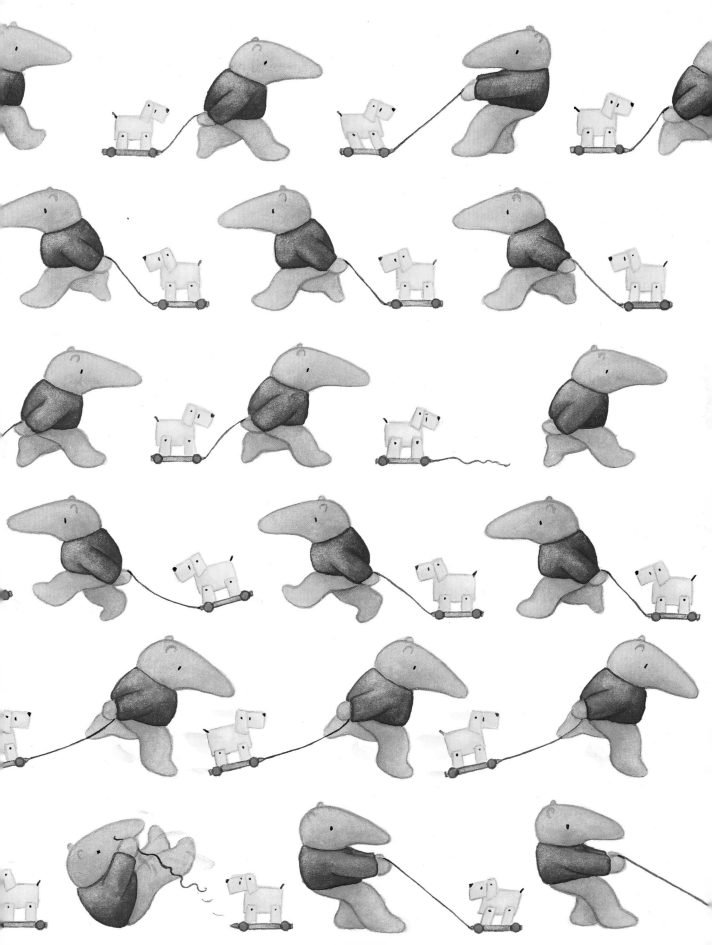

Originally published in the Netherlands by Elzenga, Tilburg.
The title of the Dutch edition is *Oh, oh, wat een vriend!*

Barron's Educational Series, Inc.
250 Wireless Boulevard
Hauppauge, New York 11788

Número Internacional del Libro 0-8120-1743-9

Library of Congress Catalog Card No. 93-10716

Library of Congress Cataloging-in-Publication Data

de Backker, Vera.
    [Oh, oh, wat een vriend! Spanish]
    Amigos en cuerpo y alma / by Vera de Backker.
    p. cm.
    Summary: Having wished for a pet dog, Gerald is delighted when his friend
Huffie the Hedgehog finds him a "puppy" in the forest—but then the animal
begins to grow and grow.
    ISBN 0-8120-1743-9
    [1. Pets—Fiction. 2. Spanish language materials.] I. Title.
[PZ73.B245 1993]   93-10716
                                                             CIP
                                                              AC

PRINTED IN HONG KONG
34567   4900   987654321

Amigos En Cuerpo y Alma

por Vera de Backker
Traducido por Harriet Barnett

Geraldo vivía en una casita en el campo.

Tomaba una taza de té por la tarde y miraba su libro de animales.

Todo era muy agradable, pero a veces se sentía solitario.

—Oh, si tuviera un perro—pensaba.

Un día se le ocurrió una idea magnífica.

—Si nadie me da un perro, haré uno yo mismo.

Y empezó a dibujar.

Al terminar el dibujo, Geraldo fue a su cabaña para serrar y martillar. Trabajó y trabajó en su perro hasta muy tarde.

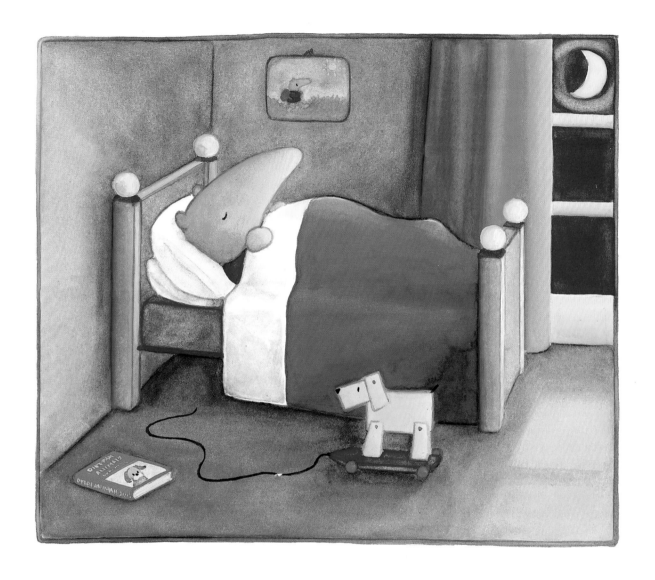

Y esa noche un hermoso perro de madera estaba al lado de su cama.
Geraldo ya no se sintió tan solitario.

Esa misma noche alguien llamó a su ventana.

Geraldo se levantó rápidamente.

Era Ernesto el Erizo, parado afuera.

—Geraldo, date prisa. Hay un animal durmiendo en el bosque. Y está todo solo.

Geraldo tomó su linterna y salió afuera.

Por suerte, Ernesto sabía exactamente donde estaba el animal.

—¿Qué clase de animal es?—preguntó Geraldo.

Pero Ernesto estaba corriendo adelante y no lo oyó.

—¡Ay! ¡Qué sorpresa! ¡Un perrito! ¡Qué lindo es!—gritó Geraldo.

—¡Tanto tiempo que quería un perro! Este perrito puede venir a vivir conmigo.

Con mucho cuidado Geraldo llevó el perrito a su casa.

—¿Te gusta el nombre Perroberto para el perrito?—le preguntó a Ernesto.

—Sí, Perroberto es un buen nombre para un perro—dijo Ernesto.

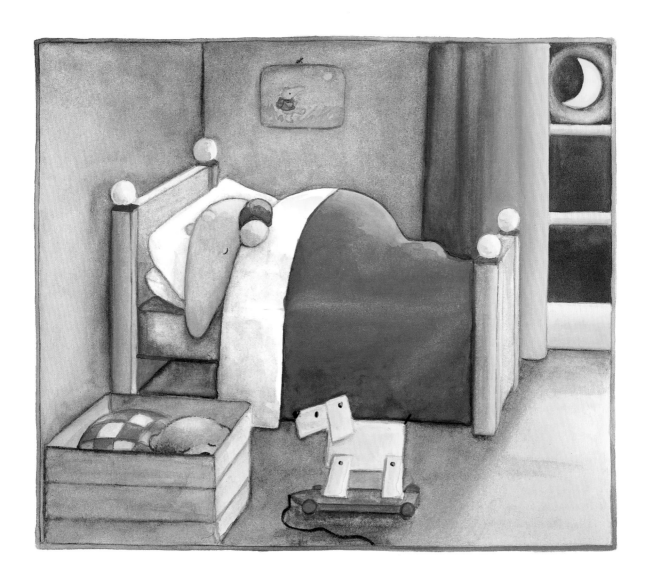

Geraldo encontró en la cabaña una caja de buen tamaño para Perroberto.
Puso la caja al lado de su propia cama, cerca del perro de madera, y se acostó
sintiéndose muy feliz con sus dos nuevos amigos.

Por la mañana un sonido extraño lo despertó.

Era Perroberto gruñendo al perro de madera.

—¡Qué vergüenza!—dijo Geraldo—. ¡Debes ser amable con él! El no te gruñe a ti.

—Pero, quizás tengas hambre.

Geraldo se bajó de la cama rápidamente.

Buscó en el refrigerador algo para dar de comer a su perro.

Yogur y fruta le parecieron una buena idea a Geraldo.

Perroberto comió todo con gran apetito.

Geraldo pensó que era hora de enseñar algo a Perroberto.

Tiró un palo lo más lejos posible.

—¡Corre Perroberto! ¡Busca el palo y tráemelo!

Perroberto se quedó sentado. Lo miraba, pero no hacía nada.

—Supongo que no quiere buscarlo—pensó Geraldo.

—Quizás ha comido demasiado.

Perroberto era un gran comilón. Cada vez comía más y más: yogur y fruta, yogur con fruta y cereal, yogur con fruta y cereal y miel…y algunas veces un emparedado de postre.

Perroberto crecía muy rápido.

Un día Ernesto el Erizo trajo una canasta llena de bayas y lo siguió haciendo cada vez más a menudo.

—¿Cómo está Perroberto?—preguntó una vez Ernesto.

—Mira—dijo Geraldo—. ¡Se ha puesto enorme!

—Oh, Geraldo—exclamó Ernesto—. ¡Perroberto no es un perro! ¡Es un oso!
Y me parece que los osos pueden crecer hasta ser muy grandes.
—No me importa—dijo Geraldo—. Perroberto es muy bueno y puede
quedarse conmigo.

Perroberto comía más y más y continuaba creciendo y creciendo.

Creció hasta ser más grande que Geraldo.

Geraldo empezó a preocuparse.

Cuando la caja fue demasiado pequeña para Perroberto, Geraldo le permitió dormir en su cama.

—Qué bondadoso eres, Geraldo—dijo Perroberto—. Tu cama es muy cómoda.

Pero una noche, aún antes de que Geraldo se acostara, Perroberto se cayó —¡bum!—a través de la cama.

—¡Qué cosa más terrible! ¡He roto tu hermosa cama! —gruñó Perroberto tristemente.

—Puedo arreglar la cama—dijo Geraldo—. Pero el problema es que todo se ha vuelto demasiado pequeño para ti. Tendremos que buscarte una casa más grande.

Al día siguiente trataron de iniciar su búsqueda.

¡Ay! Muchos empujones y apretones fueron necesarios porque Perroberto casi no podía salir por la puerta.

Juntos caminaron, buscando una casa nueva para Perroberto.

Geraldo estaba triste, pues le gustaba mucho vivir con Perroberto.

Y Perroberto estaba triste, porque también era feliz con Geraldo.

—Quizás podamos encontrar algo en las montañas—dijo Geraldo.

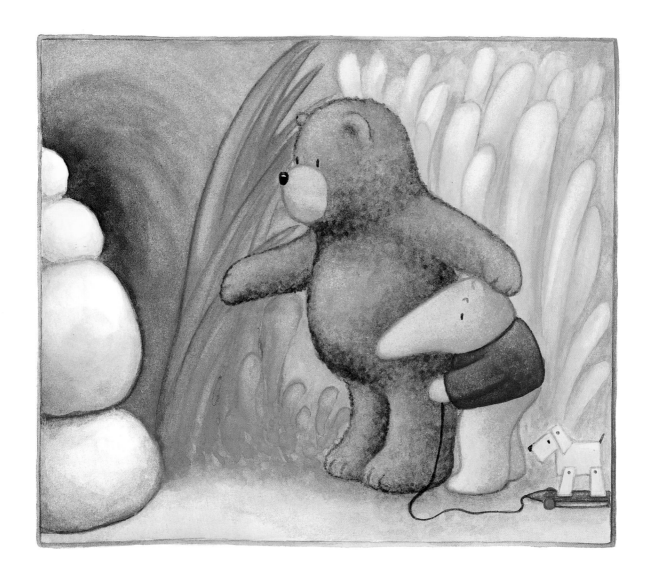

Después de un largo viaje, Perroberto encontró la entrada de una cueva escondida detrás de los arbustos.

—Ven, Geraldo, vamos a mirar adentro.

Geraldo tuvo miedo y se agarró de Perroberto.

Entraron por un pasadizo muy largo.

Al fin del pasadizo vieron brillar la luz.

Había un oso, solo, mirando un libro de animales.

Los dos amigos caminaron y entraron en el cuarto del oso.

—¡Huéspedes! ¡Qué agradable! —dijo el oso—. No me visita casi nadie.

Se llamaba Osoberto y parecía ser tan simpático como Perroberto.

Geraldo le explicó que Perroberto era muy bueno, pero que continuaba creciendo.

—Eso no es problema—dijo Osoberto—. Mi cueva tiene espacio para ambos.

Y así lo acordaron: Perroberto se quedaría en la cueva y Geraldo lo visitaría
cuando quisiera.

Se acomodaron bien en la gran cama.

—Geraldo, tú eres un buen amigo—dijo Perroberto.

—Y tú eres mi mejor amigo—respondió Geraldo.

Y, finalmente, se durmieron en paz.

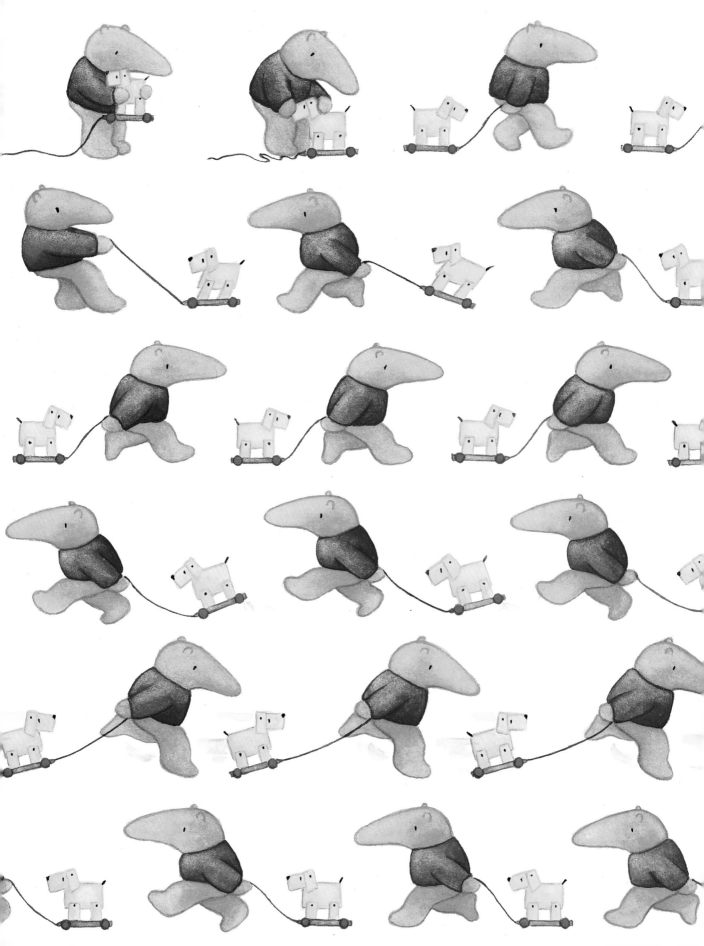

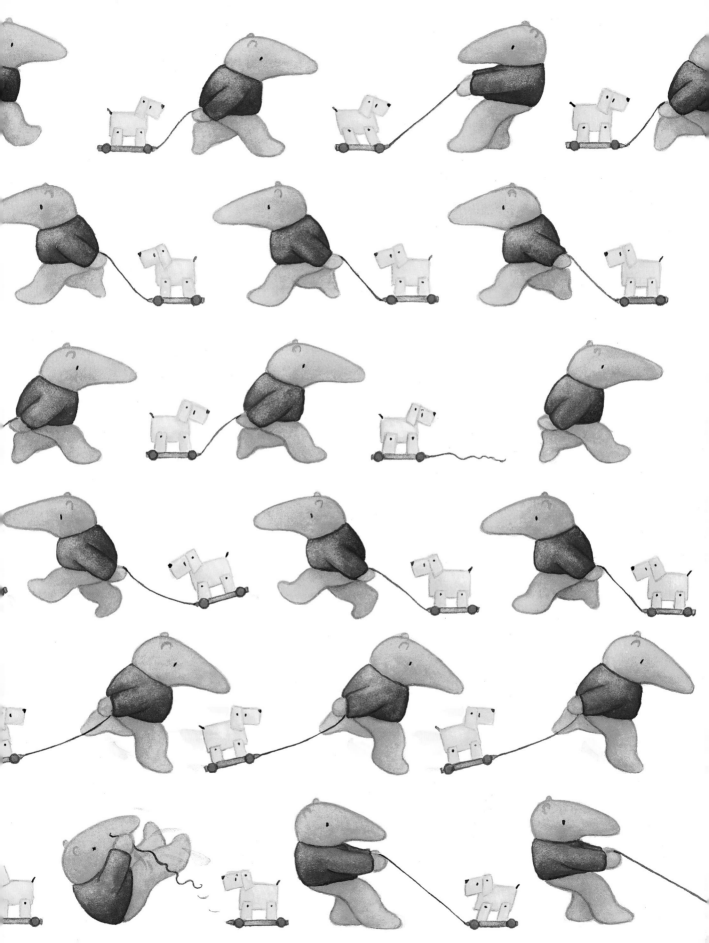